Jagdpächterin und Jäger

Ute Wollner

Jagdpächterin und Jäger

Eine Geschichte über Menschen

Bibliografische Information der Deutschen
Nationalbibliothek:
Die Deutsche Nationalbibliothek verzeichnet diese
Publikation in der Deutschen Nationalbibliografie;
detaillierte Daten sind im Internet über
http://dnb.ddb.de abrufbar.

Impressum:
Copyright: Alle Rechte bei der Autorin
Erstauflage: 2008
Herstellung und Verlag:
Books on Demand GmbH, Norderstedt
ISBN 978-3-8370-5968-7

Es begann im Jahr 2000, als ich mich auf Wunsch meines Mannes entschloss die Jägerprüfung zu versuchen. Es war allgemein bekannt, dass das nicht einfach ist, und man sprach von einem grünen Abitur. Nun ja, dachte ich, so schlimm kann es nicht sein, immerhin hatte ich es geschafft, über den zweiten Bildungsweg das Abitur zu machen und anschließend ein Studium abzuschließen.

Als einzige Frau im Jägerlehrgang, dieser sollte auf die Prüfung vorbereiten, fühlte ich mich dann und wann etwas einsam und seltsam belächelt. Am Tag der schriftlichen Prüfung ging es mir noch sehr gut. Ich hatte das Gefühl, alle Fragen zufriedenstellend beantwortet zu haben. Einige Tage später war dann die, von allen gefürchtete, mündliche Prüfung. Von Schikanen und Willkür war die Rede und Frauen als Jägerinnen wollte ohnehin keiner. Schließlich ging es im weitesten Sinne um „Beute machen" und das war doch nun wirklich Männersache. In dieser Prüfung hatte ich nicht nur ein flaues Gefühl im Magen, sondern irgendwie auch im Kopf. Schon im ersten Prüfungsfach versagte ich kläglich. Das Urteil folgte auf dem Fuße: schriftlich 5, mündlich 4, Urteil: durchgefallen. Mit einigen schlauen Bemerkungen des Prüfungsleiters, an das, was er sagte, kann ich mich nicht mehr erinnern, wurden wir Durchgefallenen sogleich verabschiedet. Brechreiz auf dem Nachhauseweg.

Einige Wochen später war mein Kampfgeist wieder erwacht und ich meldete mich in einer Jagdschule zu einem Wochenendlehrgang an. Während des Lehrgangs fragte ich mich sehr oft, warum ich diese Ausbildung auf mich nahm. Eines Tages kamen wir zum Schießstand und auf dem Parkplatz standen einige Männer herum, die offenbar gerade die Schießübungen beendet hatten. Ich hörte, wie sich einer von ihnen laut wunderte und sagte: „Schaut mal, die haben auch ein Weib dabei." Gerade als ich meine Schritte in Richtung dieses Mannes lenkte, nahm mich der Ausbildungsleiter beiseite und bat mich, mich nicht aufzuregen. Was der Mann ausgesprochen hatte, spürte ich bei vielen Gelegenheiten. Allerdings niemals bei den Ausbildern. Genau am Ende dieses Lehrgangs war die vorgeschriebene halbjährige Wartezeit vorbei und ich konnte die Prüfung wiederholen. Im November war ich stolze Besitzerin einer Prüfungsurkunde und damit konnte ich dann, nachdem ich noch einige kleine Formalitäten erledigt hatte, zur Jagdbehörde fahren und meinen Jagdschein in Empfang nehmen.

Nachdem ich ein Jahr vergeblich als Gastjägerin gejagt hatte und keine Beute vorzeigen konnte, war ich ziemlich ratlos und zweifelte, ob ich überhaupt jemals eine Jägerin sein könnte.

Eines Tages kam eine Einladung zur Versammlung der Jagdgenossenschaft ins Haus geflattert. Jeder, der Land besitzt, auf dem Jagd ausgeübt werden kann, d. h. zum gemeinschaftlichen Jagdbezirk gehört, ist automatisch Mitglied in dieser Genossenschaft. In dieser Versammlung sollte über eine Neuverpachtung des Jagdbezirks entschieden werden. In dieser ersten Versammlung wurde die Entscheidung, das Angebot des alten Pächters anzunehmen, vertagt. Es wurde verabredet, die Jagdpacht neu auszuschreiben, mit dem Ziel, einen höheren Pachtpreis zu erzielen.

Unser langjähriger Freund Hartwig, auch Jäger ohne Revier, hörte sich die Sache mit der neuen Verpachtung mit großem Interesse an. Fragte hier und da nach und fuhr bald nach Hause.

Wenige Tage später rief Hartwig an und nach einigem Zögern und Hadern und Unterstützung durch meinen lieben Mann war ich entschlossen mit Hartwig gemeinsam ein Angebot abzugeben. Nun hatte die Sache nur einen Haken: Ich war noch nicht berechtigt als Pächterin oder Mitpächterin aufzutreten, weil ich noch nicht drei Jahre einen Jagdschein hatte. Kein Problem, so Hartwig, ich schließe den Pachtvertrag ab und du unterstützt mich finanziell und zahlst die Hälfte aller anfallenden Kosten. Mit unserer langjährigen Freundschaft als Grundlage gingen wir die Sache an.

Die Jagdgenossenschaft tagte und Hartwig stellte sich als solventen Pächter vor und ließ durchblicken, dass er mich an der Jagd beteiligen würde. Ich dachte in erster Linie an das Jagen, er, wie sich später herausstellte, eher an das

Bezahlen. Der Vorpächter hatte zwischenzeitlich sein Angebot zurückgezogen. Hartwig erhielt den Zuschlag und wir freuten uns auf die gemeinsame Jagd.

Die Verhandlungen mit dem Vorpächter über die Ablösesumme für die jagdlichen Einrichtungen führten wir souverän und einigten uns erfolgreich. Allerdings wollte Hartwig den Betrag hierfür allein zahlen. Ich wunderte mich und war ganz froh, denn dann musste ich unser Budget nicht zu sehr belasten.

Hartwig und ich vereinbarten noch, dass wir den Erlös aus dem Wildbret in eine Jagdkasse einzahlen, damit wir daraus dann die Betriebskosten für das Revier zahlen können. Sofern wir selber das Wildbret behalten, zahlen auch wir in die Jagdkasse ein. Allerdings unterhielten wir uns nicht über den Wildbretpreis.

Ab ersten April durften wir nun endlich in das Revier. Mit der Revierkarte bewaffnet fuhren wir herum und studierten die Reviergrenzen, den Wildbestand, die Fährten und die Standorte der jagdlichen Einrichtungen. Hartwig erzählte von seinen jagdlichen Erfahrungen und ich hörte selbstverständlich aufmerksam zu. Ab und an stellte er mir ziemlich absurde Fragen, die ich natürlich nur falsch beantworten konnte. Darüber hinaus sollte ich immer wieder Entfernungen schätzen. Auch hierbei scheiterte ich kläglich, weil er es immer ganz genau wusste, was natürlich unbewiesen blieb. Überhaupt machte er bei diesen Revierfahrten kein Geheimnis daraus, dass er sowieso alles besser wusste als ich.

Aufgrund seiner körperlichen Eingeschränktheit konnte Hartwig einige Reparaturen an den Reviereinrichtungen nicht selber vornehmen und wollte nun, dass ich das erledige. Die Hilfe meines Mannes lehnte er strikt ab. Mein Mann habe keinen Jagdschein und damit im Revier nichts zu suchen. Da ich es nun nicht gewohnt war, mit Hammer und Nagel umzugehen, konnte er mich für diese Arbeiten auch nicht einsetzen. Das Problem war jetzt nur lösbar, wenn er seine Freunde bat bei der Revierarbeit zu helfen. Ich könnte dann ja wenigstens Handreichungen machen und Bier holen. Wichtig war für ihn, dass ich dabei war. Immer wieder betonte er, was mein Mann aus seiner Sicht alles falsch machte und was für ein toller Mann er ist. Ich mochte ihm schon nicht mehr die Hand zur Begrüßung reichen, weil er dabei, unauffällig für Andere, seinen Mittelfinger nicht gerade hielt, um so durch meine Handfläche zu streifen. Wenn ich ihn darauf ansprach, lachte er nur.

Es kam der Monat Mai, in dem die Rehböcke frei waren und die Jagd so wirklich eröffneten. Hartwig plante eine große Ansitzjagd, zu der ich natürlich auch befreundete Jäger und Jägerinnen einladen durfte, und spannte mich für viele schriftliche Arbeiten ein. Die Verköstigung der Jagdgäste fand in seinem Haus statt, die Übernachtung musste allerdings bei uns stattfinden. Am Tag der Jagd trafen wir uns in seinem Haus zum Mittagessen, mein Mann „durfte" auch kommen, seine Frau war in der Küche beschäftigt und ich half ihr. Er saß mit seinen Jagdgästen im Wohnzimmer und führte jagdliche Gespräche. Mein Mann, übrigens ein erfahrener Jagdhundeführer, unterhielt sich mit einem Jagdgast über die Nachsuche eines Teckels auf künstlicher Wundfährte, als Hartwig ihm den Mund verbat, mit dem Argument, es unterhielten sich hier Jäger und er müsse still sein. Mein Mann, wen wundert es, verabschiedete sich und ließ mich allein zurück.

Hartwig und ich hatten die Jagd sehr gut organisiert und obwohl wir an diesem Tag keine Beute machten, war es ein schöner Jagdtag. Hartwig betonte immer wieder, dass wir Partner sind und ein gutes Team. Ich dachte bei diesen Gelegenheiten dann immer; ja klar, er macht die Ansagen und ich helfe bei der Ausführung.

Ständig sollten die jagdlichen Einrichtungen umgesetzt oder umgebaut werden. Die Hilfe meines Mannes nahm er nicht an. Hatte ich keine Zeit, war er beleidigt.

Eines Abends, es war schon dunkel und regnete Bohnenstangen, lag ich gemütlich auf dem Sofa und hörte das Klappern eines Anhängers, das langsam näher kam und immer lauter wurde, um dann bei uns vor der Tür zu verstummen. Hartwig klingelte nicht an der Tür, sondern hupte kurz, aber bestimmt und erwartete nun von mir, dass ich herauskam, um mit ihm ins Revier zu fahren.

Es sollte eine Leiter umgestellt werden, von der wir am nächsten Abend Wildschweine schießen sollten. Als ich ihm erklärte, dass ich früh rausmüsse und man die Leiter auch noch am nächsten Tag bei Tageslicht umstellen könne, fuhr er in sportlicher Art und Weise davon. Das Klappern des Anhängers entfernte sich und wurde immer leiser und ich blieb nachdenklich – hätte ich doch mitfahren sollen? – auf meinem Sofa zurück.

Nahezu täglich rief Hartwig an, um mir zu sagen, wohin ich zur Jagd gehen sollte. An diesem Abend setzte ich mich auf den Hochsitz an unserer Hauskoppel und wartete auf meinen ersten Rehbock. Es war einer von den schönen Maiabenden, es war windstill und auch nach Sonnenuntergang wurde es nicht wirklich kalt. Nachdem ich zwei Hasen bei ihrem Spiel zugesehen hatte und wieder meine Blicke über die Wiese schweifen ließ, entdeckte ich ihn. Er war stark im Gehörn und auch im Wildbret. Ich nahm das Glas auf, um ihn genauer anzusprechen. Was ich sah, war eindeutig: Das Gehörn war über Lauscher hoch und hatte auf der einen Seite drei Enden und auf der anderen Seite eine Gabel. Die Körperhaltung ließ auf ein Lebensalter von vier bis fünf Jahren schließen. Ich nahm die Waffe hoch, schaute durch das Zielfernrohr und wartete darauf, dass der Rehbock sich breit zu meinem Hochsitz hinstellen würde. Äsend und immer wieder sichernd bewegte er sich langsam auf den Grenzknick zu. Mein Herz klopfte so sehr, dass ich kaum ruhig atmen konnte, um einen guten

Schuss anzubringen. Nun stand er breit in der Visierung. So wie ich es gelernt hatte, führte ich das Absehen unmittelbar am Vorderlauf zum Wildkörper hin hoch, bis der Mittelpunkt auf Blatthöhe war. Ich atmete tief durch und langsam wieder aus, so wie ich es als Sportschützin gelernt hatte, und betätigte den Stecher, korrigierte noch einmal und tippte an den Abzug. Der Schuss löste sich, ich nahm die Waffe runter und starrte gebannt auf die Stelle, wo der Bock gestanden hatte, und der Platz war leer. Mit dem Fernglas versuchte ich den Bock zu finden, aber ich sah nur kräftiges grünes Gras mit einigen Butterblumen. Ich telefonierte mit Hartwig und er versprach gleich zu kommen, um den Bock dann zu ihm nach Hause zu transportieren, damit wir ihn dort versorgen konnten. Gelernt hatte ich, dass man das Wild so schnell wie möglich versorgt. Wieso sollte dieser Rehbock erst über 20 km transportiert werden, um versorgt zu werden? Eine Antwort erhielt ich von Hartwig nicht. Mit zitternden Knien stieg ich vom Hochsitz und ging in die Richtung, wo ich den Bock vermutete. Immer wieder musste ich mich am Hochsitz orientieren. Nach fast 70 Metern sah ich ihn im Gras liegen. Ich hatte einen sauberen Schuss angebracht und der Bock hatte sicher im Knall gelegen. Inzwischen war mein Mann gekommen, wir machten Fotos, denn immerhin war das mein erster Rehbock, luden ihn ein und fuhren dann zu Hartwig. Dort angekommen wollte ich nun endlich den Bock aufbrechen, traute mich aber nicht so allein. Es tauchte ein Jagdfreund des Hauses auf, der mich nun tatkräftig unterstütze. Gemeinsam hingen wir den Bock in die Kühlung. Bald darauf kam auch Hartwig nach Hause und brachte noch zwei Jäger mit, die auch vom Ansitz kamen. Wir gingen alle in Hartwigs Jagdzimmer und es wurde eine lange Nacht.

Nach zwei Tagen bestellte Hartwig mich zu sich nach Hause. Dort sollte ich nun meinen Rehbock selbst zerwirken. Es war für mich völlig klar, dass ich das Wildbret übernehmen würde, weil es ja mein erster Rehbock war, den ich geschossen hatte. Als wir fertig waren, fragte ich Hartwig nach der Bankverbindung der Jagdkasse (er wollte ein Konto hierfür einrichten), damit ich, wie verabredet, die Zahlung für das Wildbret vornehmen konnte. Seine Antwort war verblüffend: Ich sollte ihm das Geld geben, denn schließlich hätte er die Kosten für die jagdlichen Einrichtungen getragen und diese Kosten müssten sich nun zunächst über das Wildbret amortisieren. Ich schwieg, zahlte und fuhr nach Hause und dachte – was für eine Partnerschaft!

Die Lust an der Jagd und Mitjagdpächterin zu sein, war mir nun gründlich vergangen. Immer seltener ging ich zum Ansitz. Bis zum Ende des Jagdjahres hatte ich dann auch nichts mehr geschossen.

Mein Mann hatte nun angefangen sich auf die Jägerprüfung vorzubereiten und ging auf die Jagdschule. Gemeinsam wollten wir zum Ansitz raus, damit mein Mann auch die Jagdpraxis kennenlernte. Nach einem langen Telefonat mit Hartwig hatten wir freie Bahn und durften uns auf die Kanzel an der Bahn setzten. Wir vereinbarten kein Ende des Ansitzes und so ging ich davon aus, dass wir gehen konnten, wann wir wollten, und auch niemanden dabei stören würden.

Etwas beengt saßen wir nun an der Bahn und warteten. Vor uns ein Rapsfeld, noch nicht hoch gewachsen mit kräftigen grünen Blättern. Hinter uns der Wald, aus dem das Wild kurz nach Sonnenuntergang auf das Feld heraustritt. Es dauerte auch nicht lange, als ein sehr starker Rehbock auftauchte. Ich legte die Waffe an und stellte fest, dass ich die Luke wechseln musste, um den Bock richtig ansprechen zu können. Also, die Waffe etwas angehoben, die Ellenbogen angewinkelt, insgesamt etwas mit dem Oberkörper zurück, damit der Lauf nicht an den Lukenrahmen stieß, den Oberkörper gedreht. In diesem Moment gibt es ein lautes Gepolter und einen erstickten Aufschrei meines Mannes. Ich hatte ihn mit meinem Ellenbogen vom Sitz gestoßen und er flog gegen die Hochsitztür, die gab nach und öffnete sich. Nur mit Mühe hielt mein Mann sich in der Luke fest und fiel nicht aus dem Hochsitz. Herunterfallen hätte er nicht können, denn der Hochsitz hatte einen Balkon, auf dem er gelandet wäre. Durch das Gepolter und Geschimpfe von uns beiden war der Rehbock natürlich abgesprungen.

Kurze Zeit nachdem wieder Ruhe auf dem Hochsitz eingekehrt war, kam ein anderer

14

Rehbock heraus. Dieser stand so dicht unter dem Hochsitz, dass ich nicht schießen konnte. Wir genossen den Anblick und staunten, als wir auf dem Weg, der über 200 Meter entfernt war, den Wagen von Hartwig sahen. Der Wagen stoppte und es stieg ein Jäger aus, der die Wagentür kräftig in Schloss krachen ließ. Er holte seine Sachen aus dem Heck und ließ auch diese Tür laut krachend ins Schloss fallen. Wir hörten, wie noch Worte gewechselt wurden, und sahen dann, dass sich dieser Jäger quer über das Rapsfeld auf den Weg zur Nachbarkanzel machte. Dabei winkte er uns noch freudig mit seinem Hut zu. Als er für uns nicht mehr sichtbar war, entschlossen wir uns den Ansitz für diesen Abend zu beenden und gingen so leise wie irgend möglich, ohne den Jäger auf der Nachbarkanzel zu stören, zu unserem Auto. Eigentlich wollten wir noch bis zum Aufgang des Mondes bleiben und hatten gehofft, Wildschweine zu sehen.

Am nächsten Tag begegnete ich einem äußerst aufgebrachten Hartwig. Warum habt ihr euch bei mir nicht abgemeldet? Einfach den Hochsitz verlassen ist unmöglich und gefährlich. Außerdem musst du immer einen Bericht von der Jagd abgeben, damit ich weiß, was im Revier passiert. Zugegeben, das war auch das einzige Argument, das ich nachvollziehen konnte. Gefährlich war es in Bezug auf den neben uns sitzenden Jäger nicht, weil man bekanntlich nicht um die Ecke schießen kann. Insofern waren mein Mann und ich völlig gefahrlos zum Wagen gegangen.

Eines Abends fuhr ich später von der Arbeit nach Hause, als wieder einmal mein Telefon klingelte. Es war Hartwig, wer sonst. Er wollte wissen, wo ich denn gerade bin, und klang etwas kleinlaut. Als er hörte, dass ich gerade aus Hamburg wegfuhr, kam nur ein leises „ach so". Erst nachdem ich gefragt hatte, was denn los sei, kam er damit heraus, dass er sich am Hochsitz ausgesperrt hatte. Seine Auto- und Hochsitzschlüssel lagen im Hochsitz und er hatte das Schloss zugemacht. Großzügig bot ich ihm die Hilfe meines Mannes an und er stimmte kleinlaut zu. So fuhr mein Mann ins Revier und rettete Hartwig vor einem langen Spaziergang nach Hause. Die Freude meines Mannes kannte fast keine Grenzen.

Im Laufe des ersten Jahres als Mitjagdpächterin hatte auch mein Mann gemeinsam mit seinem Neffen Volker die Jägerprüfung bestanden und beide hatten einen Jagdschein gelöst. Nun konnte Hartwig meinen Mann nicht mehr ausschließen. Allerdings war das Verhältnis schon so weit beeinträchtigt, dass mein Mann gar keine Lust mehr hatte, sich in irgendeiner Form zu beteiligen. Ganz im Gegenteil verhielt es sich mit Volker. Ihm gelang es, sich bei Hartwig so einzuschleimen, dass er sofort bei ihm jagen durfte. Für meinen Mann und mich wurde die Situation immer unerträglicher und wir beschlossen auszusteigen. Als Volker dieses erfuhr, wurde er sofort aktiv und schlug uns vor, doch das Revier zu teilen, und ich sollte auch im

Vertrag mit der Jagdgenossenschaft als Mitpächterin mit allen Rechten und Pflichten auftreten. Über eine entsprechende Vereinbarung mit Hartwig würden wir unser Verhältnis schriftlich festlegen. Hartwig war immerhin zu einem Gespräch bereit und so trafen Hartwig, Volker und ich zusammen, um die Modalitäten zu besprechen. Volker hatte die wichtigsten Punkte bereits zu Papier gebracht und wir mussten diese nur noch modifizieren. Mit einer Sondergenehmigung von der Unteren Jagdbehörde über meine vorzeitige Pachtfähigkeit stellten wir den Antrag bei der Jagdgenossenschaft, mich in den Jagdpachtvertrag aufzunehmen und das Revier aufzuteilen. Die Jagdgenossenschaft stimmte zu und nun war ich auch vertraglich Jagdpächterin geworden und konnte einen Teil des Reviers eigenverantwortlich führen.

Nachdem die Jagdgenossenschaft die Ergänzung des Pachtvertrages von der Unteren Jagdbehörde mit einem Genehmigungsvermerk zürückerhalten hatte, fuhren Hartwig und ich dorthin, um die Änderung auch in die Jagdscheine eintragen zu lassen. In meinen Jagdschein wurde eine 50-prozentige Jagdberechtigung eingetragen, so dass ich keinen separaten Begehschein benötigte. Hartwig kannte den Beamten sehr gut und es wurde nebenbei entspannt geplaudert. Mir fiel nicht auf, dass der Jagdschein von Hartwig nicht auf 50-prozentige Beteiligung geändert wurde.

Kurze Zeit später wurde Volker von Hartwig zum Jagdaufseher befördert, allerdings mit der Auflage, nicht mehr bei meinem Mann und mir mitzujagen. Nach dem Motto, so seine Worte, man kann nicht zwei Herren dienen. Nun standen mein Mann und ich allein vor einem Revier und uns wurde schnell klar, dass wir diesen Revierteil nicht allein bewirtschaften konnten. Schnell sprach sich herum, dass wir noch einen Jäger suchten.

Eines Tages rief uns Manfred an und wollte wissen, unter welchen Umständen er bei uns mitjagen könne. Wir kannten Manfred schon viele Jahre und hielten ihn für einen erfahrenen Jäger. Er hatte seinen Teckel jagdlich ausgebildet und berichtete oft von seinen jagdlichen Erlebnissen mit seinem Hund. Da er von Beruf Schlachter war, bot er auch des Öfteren Wildwurst zum Kauf an. Mein Mann und ich schlossen daraus, dass er das verarbeitete Wild auch selber erlegt hatte. Wir luden Manfred zur Revierbesichtigung ein und waren sicher einen guten Jäger gefunden zu haben, von dem wir auch noch lernen konnten.

Gern fuhr er mit seinem Dackel auf dem Beifahrersitz ins Revier und ging anschließend zum Ansitz. Eines Tages trafen wir uns zufällig im Revier und ich nahm sein Angebot, mich ein Stück mitzunehmen, gern an. Der Dackel räumte widerwillig seinen geliebten Platz auf dem Beifahrersitz und ich setzte mich. Es beschlich mich ein seltsam feuchtes, aber nicht sehr warmes

Gefühl an meinem Gesäß. Unbehaglich rutschte ich auf meinem Sitz hin und her. Manfred schaute mich prüfend von der Seite an. Aber ich tat ganz locker und war froh, als wir am Ziel angekommen waren und ich aussteigen konnte. Neugierig schaute ich zurück auf den Sitz und ich sah, dass er einen großen nassen Fleck hatte. Meine Ahnung, worauf ich gesessen hatte, bestätigte sich. Der Dackel sprang sofort auf seinen geliebten Platz und Manfred fuhr fröhlich davon.

Wir mussten auf Manfred einen sehr bedürftigen Eindruck gemacht haben. Ständig brachte er irgendwelche Gegenstände mit, die er angeblich nicht mehr brauchte. Mehrere Kühltaschen, eine Thermoskanne und diverse Materialien zum Hochsitzbau. Das Schlimmste aber war, dass er sich eines Tages sein eigenes Brot und seinen Tee mitbrachte, weil unser Angebot für ihn unerträglich war. Er hatte bei jedem Essen irgendetwas zu bemängeln und erklärte mir immer, wie man was zubereitet. Dabei hatte ich schon sehr viele Gäste bewirtet und alle waren auch gern wiedergekommen. Also so schlecht konnte es nicht sein, was mein Mann und ich so aßen. Eines Tages tat er sehr geheimnisvoll, was er in seiner Kühltasche mitgebracht hatte. Heraus kamen zwei dicke fette geräucherte Aale. Mein Mann isst grundsätzlich keinen Fisch und ich aß auf keinen Fall Aal. Manfred war mächtig enttäuscht, ließ sich aber nicht davon abhalten, bei uns zu Abend seinen Aal zu essen. Fachgerecht zerlegte er diesen und bot mir doch einige Stückchen an. Ich wollte nicht unhöflich sein und zwang mir ein Stückchen hinein. Manfred ließ bei dieser Gelegenheit durchblicken, dass er es gern hat, wenn man nach der Jagd noch zusammen einen Happen isst, und wollte auch wissen, ob es nicht möglich ist, bei uns zu übernachten, dann könnte er gleich auch schon frühmorgens zur Jagd gehen und spart sich die ewige Fahrerei. Ich erklärte langatmig und wortreich, dass wir leider noch keinen Besuch beherbergen können.

Eines Tages eröffnete er uns, dass er schon einmal ein paar (so an die 50 Stück) Apfelbäume für unsere Hauskoppel bestellt hätte. Das Rehwild liebt solche Plantagen und die Koppel sei ja groß genug. Ich hoffte, dass diese Pflanzen nie ankommen würden, und beschloss einfach das Frühjahr abzuwarten.

In meinem Revier gibt es einen Hochsitz, der über eine sehr steile Leiter erreichbar ist und einige Meter hoch ist. Zu hoch für mich. Natürlich erfuhr auch Manfred von meiner Höhenangst und erklärte diesen Hochsitz innerhalb kürzester Zeit zu seinem Lieblingsansitz. Für mich war das auch durchaus nachvollziehbar, denn Manfred schoss von hier aus immerhin ein Wildschwein. Auf dieses jagdliche Ereignis komme ich später noch einmal zurück.

Regelmäßig kamen mein Mann und ich beim Abfährten an diesem Hochsitz vorbei. Eines Tages stieg er die Leiter hinauf, um nachzusehen, ob auch noch alles in Ordnung war. Ich wartete unten und schaute gespannt nach oben, als ich meinen Mann laut rufen hörte: „Das kann ja wohl nicht wahr sein." Unser Manfred hatte es sich auf dem Hochsitz überaus gemütlich gemacht. Es stand dort oben ein Eimer mit Wasser und einer Flasche Wein drin. Sicher gut gekühlt für den nächsten Ansitz. Eine Decke und ein Kissen sollten für Wärme und Bequemlichkeit sorgen. Da ich Alkohol bei der Jagd strengstens verboten hatte, stellte ich Manfred beim nächsten Zusammentreffen zur Rede. „Ich dachte, du gehst nicht auf diesen Hochsitz, wieso weißt du davon?" Seine Frage platzte so spontan aus ihm heraus, dass wir beide lachen mussten. Wie ein kleiner Junge, den man bei verbotenen Spielen erwischt hatte, versprach Manfred nie wieder Wein auf dem Ansitz zu trinken.

Wie ich bereits erwähnte, hatte Manfred von diesem schönen stillen Hochsitz aus ein Wildschwein geschossen. Als er uns anrief und um Hilfe beim Bergen bat, war es bereits dunkel. Das Schwein lag im Rapsfeld und über die Traktorspur konnte man es gut zu Fuß erreichen und zum Weg ziehen. Mit dem PKW konnte man das Feld nicht befahren, weil die Fahrspur eines PKW schmaler ist als die eines Traktors. Als mein Mann und ich am Feld eintrafen, war Manfred bereits vor Ort und war so an die fünfzig Meter mit seinem PKW auf das Feld gefahren und hatte unsere Hilfe doch nicht in Anspruch genommen. Aber leider erheblichen Jagdschaden angerichtet, weil er eine komplett neue Spur ins

Getreide gefahren hatte. Mein Mann und ich konnten sein Handeln nicht verstehen. Auch Manfred konnte nicht erklären, aus welchem Grund er nicht auf uns gewartet hatte.

Am nächsten Morgen sahen wir den Schaden noch einmal an und beschlossen den Landwirt schon von uns aus zu informieren, bevor der es sieht, sich ärgert und einen richtig hohen Schadensersatz fordert. Ein Glück war dieser nachsichtig und Manfred wurde gebeten eine Keule des Schweins beim Landwirt persönlich abzuliefern. Ich vermute, dass dieser Gang kein leichter Gang für Manfred war.

Je näher der Winter kam, umso weniger kam Manfred zum Ansitz. Leider entschloss er sich das folgende Jagdjahr nicht mehr bei uns zu jagen, weil er doch einen zu weiten Weg ins Revier hatte.

Von unseren Reviernachbarn hörten wir, dass es dort große Probleme mit den Wildschweinen gab. Sie hatten auf den Wiesen bereits erheblichen Schaden angerichtet. Nachdem wir uns aufgrund der Fährten ein Bild über die Zugrichtung der Wildschweine gemacht hatten, beschlossen wir eine gemeinsame revierübergreifende Drückjagd zu veranstalten. Wir trafen uns, um genau zu besprechen, wie die Treiber mit den Hunden eingesetzt werden mussten, um die Schweine den abgestellten Schützen in den jeweiligen Revieren zuzutreiben. Es wurden Revierkarten mit den Standplätzen ausgetauscht, so dass jeder

Revierinhaber genau informiert war, wo die Schützen standen. Aus den Reihen der Revierinhaber wurde ein Jagdleiter ernannt, damit die Verantwortung eindeutig geregelt war. Wir verbrachten einen sehr harmonischen Abend und ich fand als Jagdpächterin die volle Anerkennung der Jagdpächter-Kollegen. Möglicherweise war das so, weil es in einem der Nachbarreviere auch eine Mitjagdpächterin gab.

Da ich noch nicht so viele befreundete Jäger hatte, bat ich die wenigen Jäger, doch noch jemanden mitzubringen. So brachte unser Freund und Jäger Fritz den Jäger Andreas mit.

Wir erlebten einen herrlichen Jagdtag, allerdings ohne Strecke. Als fast alle schon gegangen waren, kam Andreas auf mich zu und fragte nach einer Jagdgelegenheit bei mir. Da wir den Abschussplan für das Rehwild noch nicht erfüllt hatten und Manfred fast nicht mehr kam, lud ich Andreas zum Ansitz ein.

Kurze Zeit später verabredeten wir uns und Andreas ging mit der Botschaft zur Jagd, gern noch einen Rehbock schießen zu dürfen, der nicht zu jung sein sollte und nur Spießer oder Gabler war. Er hielt sich an diese Absprache und schoss einen angemessenen Rehbock. Nach der Jagd saßen wir noch zusammen und er erzählte von einem Rehbock, der nur eine Stange hat. Mein Mann konnte diesen Rehbock bestätigen, weil er diesen auch schon oft gesehen hatte, aber nie zum Schuss gekommen war. Andreas war ein fleißiger und gerechter Jäger und half uns sehr bei der Erfüllung des Abschussplanes. Er blieb auch im neuen Jagdjahr als Gast bei uns und kam ab und an zur Jagd. Fragte immer, bevor er zur Jagd ging, was er schießen durfte, und hielt sich auch immer an die Absprache. Eines Abends kam er zu uns, hatte einen Rehbock geschossen und als mein Mann hinschaute, erkannte er den Bock mit der einen Stange. Mein Mann war entsetzt. Hatte er sich doch vorgenommen diesen zu schießen. Da mein Mann daraus aber ein Geheimnis gemacht hatte, konnten Andreas und ich sein Entsetzen nicht nachvollziehen. Wir beide trösteten ihn, so gut wir konnten. Mit einem kleinen schlechten Gewissen, so erzählte er uns später, fuhr Andreas nach Hause. Aber er konnte ja nicht ahnen, was mein Mann sich vorgenommen hatte.

Eigentlich wollte Andreas unbedingt auch ein Wildschwein schießen. Er bemühte sich wirklich und saß einige Nächte an und kümmerte sich um die Malbäume für die Wildschweine. Doch das Jagdglück war ihm nicht hold. Gern wollte er seinen eigenen Jagdbezirk haben, damit er ganz allein für die Hege und Pflege des Wildes verantwortlich sein konnte. Doch ich mochte mich nicht darauf einlassen, weil das Revier ja ohnehin schon geteilt war. Also suchte sich Andreas eine Jagdbeteiligung in Mecklenburg-Vorpommern und wurde leider bei uns nicht mehr gesehen.

Unser Freund Norbert war auch Jäger und hatte immer sehr interessiert zugehört, wenn ich von meinen Erlebnissen als Jagdpächterin, richtigerweise ja Mitjagdpächterin, erzählte. Er hat hier und da seinen Kommentar dazu abgegeben und manchmal auch beraten. Als er nun davon hörte, dass ich wieder jemanden suchte, der bei mir mitjagen wollte, zeigte er Interesse. Natürlich war ich sofort einverstanden, denn ich kannte Norbert schon sehr lange und wusste, dass er ein gerechter Jäger war.

Norbert kam gern mit seiner Frau Brigitte zu uns und anschließend gingen die beiden zum Ansitz. Sie berichteten uns anschließend von ihren Beobachtungen, doch einen Schuss konnte Norbert nie anbringen.

Eines Abends kamen beide ganz aufgeregt zu uns und berichteten, dass sie von der rechten Seite Geräusche hörten, als sie gerade aus dem Ansitzwagen stiegen, die sie nicht einordnen konnten. Als die Geräusche immer näher kamen, hielten sie inne und warteten ganz gespannt darauf, was wohl aus dem Busch kam. Was sie da sahen, verblüffte beide so sehr, dass sie unfähig waren zu handeln. Eine Rotte Wildschweine kam angaloppiert, bestehend aus Bache und bestimmt zehn weiteren Schweinen aller Altersklassen. Beide saßen wie versteinert im Ansitzwagen und ließen sie vorüberziehen. Ich schaute etwas ungläubig, denn eigentlich gab es dort keine Wildschweine. Obwohl in der letzten Zeit Fährten gesehen wurden, die darauf hindeuteten, aber nicht ernst genommen wurden. So nach dem Motto „Hab mich wohl getäuscht, kann gar nicht sein". Im Laufe des Abends sprachen beide immer wieder von ihrem Anblick und wir alle freuten uns, dass wir Wildschweine in unserem Revierteil hatten.

Einige Wochen später kam ich kurz vor Mitternacht von einem Treffen mit Freunden nach Hause und fand Norbert, Norberts Frau und meinen Mann auf unserer Terrasse vor. Der Feuerkorb sorgte für die nötige Wärme an diesem Sommerabend. Alle hatten so ein seltsames Glänzen in den Augen und strahlten mich an. Die Schnapsgläser auf dem Tisch ließen mich einiges vermuten. Ein stattlicher Rehbock hing zur Kühlung am Haken. Stolz und mit etwas schwerer Zunge berichtete Norbert von seinem erlegten Rehbock. Mein Mann, nicht weniger stolz, erzählte, dass er diesen Bock ganz allein aufgebrochen hatte. Zu der Zeit hatte mein Mann noch nicht lange den Jagdschein und beim Aufbrechen hatte ich immer noch geholfen. Norbert war nicht gesund und deshalb hatte mein Mann das Versorgen des Bocks übernommen, aber nicht verraten, dass er es noch nie ohne Hilfe getan hatte. Bevor wir schlafen gingen, wurde der Rehbock noch in die Kühlung gebracht und wir verabredeten, dass wir uns in zwei Tagen zum Zerwirken des Wildbrets wiedertreffen wollten.

Norbert kam noch einige Male mit seiner Frau zum Ansitz, doch er hatte keine weitere Gelegenheit, zum Schuss zu kommen, obwohl er immer Anblick hatte. Er ging vernünftigerweise kein Risiko ein und im Zweifel schoss er nicht. Es ging ihm gesundheitlich immer schlechter und erst am Tage seiner Beerdigung erfuhren wir, dass er sich, mit der Jagdbeteiligung bei mir, einen langjährigen Traum erfüllt hatte.

Allein schafften mein Mann und ich es einfach nicht, den Revierteil zu bejagen, und so hatte ich immer Schwierigkeiten, den Abschussplan für Rehwild einzuhalten. Hartwig war immer sehr streng und verlangte die Planerfüllung. Ansonsten wollte er in meinem Teil wieder jagen und damit den Abschussplan erfüllen. Der Abschuss von Wildschweinen war für mich problematisch, weil ich – man glaubt es kaum – Angst hatte, im Dunkeln auf den Hochsitz zu gehen. Überhaupt macht mir die Jagd in der Dunkelheit keinen Spaß. Auch das helle Mondlicht kann mir nicht helfen. Oftmals fragte ich mich in dieser Zeit, ob ich überhaupt eine richtige Jägerin bin und mich darüber hinaus überhaupt als Jagdpächterin eigne. So gern hätte ich ein oder zwei zusätzliche Jäger oder auch Jägerinnen, die mich unterstützen würden. Aber irgendwie klappte es nicht so richtig. Lag es an mir?

Über einen Freund erfuhr ich, dass Max eine Jagdgelegenheit sucht. Max sollte ein guter und erfolgreicher, insbesondere Wildschweinjäger sein. Oft wurde er wegen seines Erfolgs beneidet, so berichtete unser Freund. Also rief Max mich an und wir verabredeten uns zur Revierbesichtigung. An den Stellen, wo ich ab und an Wildschweinfährten gesehen hatte, hielten wir an und Max ging umher und schnupperte herum, als könne er die Wildschweine riechen. Ich war mächtig beeindruckt und er war sicher, dass überall Schweine waren. Er signalisierte, dass er großes Interesse hatte, bei mir im Revier zu jagen, und garantierte mir, dass auch ich sicher bald ein Schwein schießen würde. Nach meinen gemischten Erfahrungen blieb ich zurückhaltend und legte mich nicht gleich fest. Wir unterhielten uns noch über unsere jagdlichen Vorstellungen und trafen eine Telefonverabredung für den nächsten Tag. Max hatte nicht bei allen Menschen einen guten Ruf als Jäger. Meine Zweifel begrub ich mit der Annahme, dass diese nur neidisch auf seinen jagdlichen Erfolg waren und deshalb nicht positiv über ihn urteilten. Da ich ein Mensch bin, der gern seine eigenen Erfahrungen sammelt, war ich allein schon aus diesem Grund geneigt mit Max gemeinsam zu jagen. Ich wollte eben allein herausfinden, was die Wahrheit ist. Darüber hat schon so mancher den Kopf geschüttelt und ich habe auch schon sehr oft bewiesen bekommen, dass andere Menschen recht hatten. Also sagte ich ihm am nächsten Tag zu.

Nun brauchte ich für den Begehschein, den Max bekommen sollte, die schriftliche Zustimmung von Hartwig. Ich hatte einen schwierigen Gang anzutreten, weil Hartwig natürlich auch die negativen Urteile über Max kannte.

Mutig rief ich Hartwig an und wir verabredeten uns für den nächsten Abend. Selbstverständlich fuhr ich zu ihm – denn der Knochen kommt ja nie zum Hund –, so dachte jedenfalls Hartwig. Zunächst sprachen wir über Belanglosigkeiten und tranken Rotwein. Martina, Hartwigs Frau, wuselte noch in der Küche herum und kam dann endlich auch zu uns ins Wohnzimmer. Langsam musste ich ja nun mit meinem Anliegen herausrücken. Zunächst nannte ich nicht den Namen, sondern erzählte nur, dass ein Bekannter gern bei uns mitjagen und auch einen Betriebskostenbeitrag zahlen wollte. Ganz offen und zugänglich war er und ich legte ihm den Schein vor. Er las den Namen und es ging nahezu ein Beben durch seinen Körper. Er richtete sich auf und brüllte los. Niemals würde er diesen Schein unterschreiben. Max würde alles abschießen und überhaupt nicht waidgerecht jagen und wäre auch ein schlechter Mensch. Innerlich ziemlich aufgeregt versuchte ich aber ruhig zu argumentieren, um Hartwig nicht noch weiter aufzuregen. Ich erinnerte ihn an unsere Vereinbarung, dass jeder seine Jagdgäste allein bestimmen dürfte, und das müsste doch auch in diesem Fall Gültigkeit haben. Weiterhin führte ich an, dass er alles nur aus Erzählungen anderer Leute wusste und jeder doch eine Chance bekommen muss, das Gegenteil der üblen Nachreden zu beweisen. Hartwig stellte noch eine Telefonverbindung zu seinem guten Freund Peter her, der Max auch kannte. Peter sollte mir nun erklären, dass Max auf keinen Fall bei uns jagen sollte. Ich fragte Peter nach ganz genauen

Anlässen, bei denen er ein Fehlverhalten von Max beobachtet hat. Peter zögerte und es fiel ihm, ganz zu meiner Freude, kein Anlass ein. Nachdem ich nun erklärt hatte, dass es sich hier nun wirklich wohl nur um Vorurteile handelt, wurde Hartwig etwas ruhiger und er machte den Vorschlag, Max zunächst zur Probe mitjagen zu lassen. Erschöpft von diesem Stress willigte ich ein und verabschiedete mich ziemlich schnell.

Noch während ich nach Hause fuhr, rief ich Max an. Er war natürlich nicht begeistert und erklärte mir, dass er auf dieser Basis nicht bei uns jagen möchte, und konnte sich überhaupt nicht erklären, wie es zu diesen Vorurteilen über ihn kommen konnte.

In der Nacht schlief ich schlecht. Je länger ich über die Situation nachdachte, umso wütender auf mich selber wurde ich. Wieder einmal hatte ich mich nicht durchgesetzt. Fühlte mich als partnerschaftliche Jagdpächterin nicht ernst genommen. Ganz fest nahm ich mir vor ein weiteres Gespräch zu führen und wild entschlossen war ich die Unterschrift von Hartwig zu bekommen. Erst nach diesem Entschluss schlief ich entspannt ein.

Ich konnte mich nicht gleich am nächsten Tag entschließen Hartwig anzurufen. Am darauf folgenden Tag auch noch nicht. Am dritten Tag rief Hartwig an. Gern würde er noch einmal mit mir über den Begehschein von Max sprechen. Jeder Mensch verdient ja auch eine Chance, so seine Worte. Natürlich war ich bereit noch einmal mit ihm darüber zu sprechen. Wieder fuhr ich zu ihm, seine Frau Martina wuselte wieder in der Küche und heute war auch seine Tochter Katrin zu Hause. Das Gespräch begann genau wie das erste, nur Katrin schaute noch einmal die Vereinbarung an, die Hartwig und ich getroffen hatten, und sprach sich dann auch dafür aus, Max einen Begehschein auszustellen. Zähneknirschend gab Hartwig nach und machte mich noch einmal darauf aufmerksam, dass ich die volle Verantwortung für Max trage. Nach einigem Hin und Her mit dem Eintrag des erlaubten Abschusses unterschrieb Hartwig endlich den Begehungsschein.

Kurze Zeit später fuhren mein Mann und ich zu Max und überbrachten ihm feierlich den Begehungsschein. Eine schöne Zeit begann und ich hatte auch wieder Spaß am Jagen.

Wir teilten uns den geplanten Rehwildabschuss zunächst einmal auf und vereinbarten, dass wir vier Wochen vor Beginn der Schonzeit den noch offenen Abschuss für alle freigeben.

Max war ein sehr fleißiger Jäger und bastelte auch gern an den Hochsitzen herum. Damit er das Revier auch gut kennenlernen konnte, fuhr er mit seinem Wagen nahezu in jeden Winkel. Eines Tages rief er an und bat uns um Hilfe, er hätte sich festgefahren. Als wir zu seinem Wagen kamen, stand dieser etwa mittig auf einem Wall und die Räder liefen frei. Mit unserem Fahrzeug war ihm nicht zu helfen, denn ein großer Stein lag unter seinem Wagen. Es gab nur eine Lösung: Der Stein musste ausgegraben werden. Eine Erklärung für seinen leichtsinnigen Versuch, über den Wall zu fahren, hatte er nicht. Es war ihm nur ziemlich peinlich. Zähneknirschend schaufelte er wie ein Wilder, damit die peinliche Situation schnell ein Ende hatte. Selbstverständlich konnten mein Mann und ich unseren Spott kaum bremsen. Als der Wagen endlich wieder auf allen vier Rädern stand, waren wir sehr froh. Max fuhr von nun an etwas vorsichtiger ins Gelände.

Unermüdlich saß er auf Wildschweine an, studierte immer wieder die Fährten und war nahe daran zu glauben, dass die Wildschweine ihn beobachteten und nie herauskamen, wenn er ansaß. Irgendwann waren die Hochsitze schuld, weil sie falsch standen. Er beschrieb uns in einem Fall ganz genau, wie der Wind über den Wald wehte, brach und immer wieder „küselte". Daraufhin holten wir die Meinung erfahrener Jäger ein und fragten immer ganz gezielt nach dem „küselnden" Wind. Doch keiner empfahl uns die Versetzung des Hochsitzes. Gemeinsam entschieden wir, den Sitz nicht zu verlegen. Immer wenn Max anfing über den sich brechenden Wind zu sprechen, sagten wir im Chor, ja, ja er „küselt" wieder. Schön, dass er auch mitlachen konnte. Wochenlang waren die Wildschweine dann gar nicht mehr zu sehen. Max zweifelte schon, ob wir überhaupt noch welche im Revier hatten. Doch dann kam der große Abend. Max saß wie immer auf Schweine an und auf dem Hochsitz, an dem der Wind „küselte". Der Bewuchs auf dem vor ihm liegenden Acker war noch nicht allzu hoch und ein Schwein schaute mutig heraus. Als es ein weiteres Mal herausschaute und es wagte, noch ein Stück weiter herauszukommen, hatte Max abgedrückt und sein erstes Schwein in unserem Revier geschossen. Er war begeistert. Nun hatte sich seine Ausdauer doch gelohnt.

Wir hatten viel Spaß miteinander, weil Max doch sehr lustig sein konnte. Auf seiner Geburtstagsfeier wurden mein Mann und ich als die netten und aufgeschlossenen Jagdpächter vorgestellt. Es entwickelte sich auch sehr schnell ein freundschaftliches Verhältnis zu seiner Frau. Oft ging Max auch mit ihr gemeinsam zur Jagd und beide kamen vorher bei uns auf einen Kaffee vorbei.

Als Max eines Tages wieder vorbeischaute, hatte er ein ganz konkretes Anliegen. Er rechnete mir vor, wie viel Rehwild wir im Revier haben, und erklärte mir, dass wir, unter Berücksichtigung unseres jetzigen Abschusses, in drei Jahren immer noch einen hohen Bestand an Rehwild hätten. Deshalb sollten wir, so seine Meinung, den Abschuss erhöhen. Ich war ganz und gar nicht dafür und wollte erst zum nächsten Abschussplan einen höheren Abschuss beantragen. Es war das erste Mal, dass wir uns nicht einig wurden, und missmutig zog er von dannen.

Von diesem Zeitpunkt an war unser freundschaftliches Verhältnis nicht mehr ganz so unbelastet. Immer wieder sprach er das Thema hoher Rehwildbestand an und erklärte, dass man viel mehr schießen müsste. Doch wir gingen nicht mehr darauf ein. Max fing an immer öfter allein zur Jagd zu gehen und meldete sich auch nicht mehr regelmäßig bei uns an. Wir konnten nicht mehr nachvollziehen, was und wie viel er wirklich schoss, und hatten auch nicht mehr so wirkliches Vertrauen in seine Angaben. Wir hatten leider vereinbart, dass er das Wild, was er schießt, behalten kann. So konnte er auf seine eigene Rechnung zur Jagd gehen. Diese Vereinbarung traf ich nur, weil ich wieder einmal zu gutmütig war und als Jagdpächterin nicht finanziell orientiert war, sondern die ganze Jägerei als Hobby und nicht als Geschäft betrachtete. Ich musste mich einfach als „Chefin" besser durchsetzen. Nur, das musste ich schon im Rahmen meines Jobs täglich ausführen. Eines Sonntags fuhren wir an einer Baumschule vorbei, die sich in unserem Revier befand, und mein Mann und ich trauten unseren Augen nicht: Max trieb gemeinsam mit seiner Frau durch die Baumschule. Beide bekleidet mit Warnwesten und er mit einer Schrotflinte bewaffnet. Offenbar veranstaltete er seine kleine private Treibjagd, noch dazu ohne Absprache mit uns. Für mich allein beschloss ich diesem Treiben ein Ende zu bereiten und den Begehschein für Max nicht zu verlängern. Überhaupt wuchs das Bedürfnis in mir, eine neue Lösung für die Jagd herbeizuführen.

Meine Begegnungen mit Hartwig wurden immer seltener und eines Tages rief seine Frau an und erzählte mir, dass er einen Schlaganfall erlitten hatte. Mein Mann und ich besuchten ihn im Krankenhaus und wir mussten feststellen, dass er einige Behinderungen erlitten hatte. Zufällig erfuhren wir, dass er schon nach wenigen Tagen aus dem Krankenhaus entlassen wurde und demnächst zur Reha sollte. Doch immer wieder sahen wir ihn mit dem Auto durch das Dorf fahren und fragten uns, wie es weitergehen soll. Immer öfter fragte man mich, ob Hartwig denn überhaupt noch jagen könne oder dürfe. Ich hatte keine Antwort darauf. Doch bevor noch etwas passierte, musste ich nun handeln, denn auch wenn wir das Revier untereinander geteilt hatten, war ich mitverantwortlich für das, was im gesamten Revier passierte.

Der Gedanke, das Revier aufzugeben, ließ mich nicht mehr los. Ich konnte Hartwig einfach nicht mehr vertrauen. Es machte keinen Sinn mehr, das Revier noch länger zu behalten. So fasste ich Mut und rief Hartwig an und sagte ihm, dass ich mit ihm über das Revier sprechen möchte. Wir verabredeten uns für den nächsten Tag bei ihm zu Hause. Natürlich konnte ich ihm nicht den wirklichen Grund sagen. Also erklärte ich ihm, dass ich keinen Spaß mehr an der Jagd hätte, weil die Bedingungen im Revier immer schlechter würden, insbesondere seitdem auch noch der Modellflugplatz in meinem Revierteil in Betrieb ist. Auch finanziell sei das Revier für mich nicht mehr tragbar. Hartwig erklärte mir nun seinerseits, dass auch er sich täglich über Störungen durch Hunde, Pferde und Spaziergänger ärgern würde und der Pachtpreis im Grunde viel zu hoch sei. Dann lass uns aufhören, schlug ich vor und Hartwig stimmte zu. Seine Frau und seine Tochter, beide hatten unser Gespräch gespannt verfolgt, schauten uns nun erleichtert an. Sie erzählten mir nun von ihren Plänen, das Haus zu verkaufen und zurück in den Norden zu Hartwigs Mutter zu ziehen. Ganz entspannt besprachen wir dann noch kurz die weitere Vorgehensweise und mit dem Auftrag, eine Anzeige zu formulieren, machte ich mich auf den Weg nach Hause. Uns beiden erschien es zweckmäßig, zunächst einen oder auch mehrere Nachfolger zu suchen und dann erst die Jagdgenossenschaft zu informieren, damit diese dann einen auswählen könnte.

Der erste Anruf eines Interessenten erreichte mich gleich am Erscheinungstag des Jägers. Es war Richard, der von uns ein Jahr vorher einen Dackel gekauft hatte und auch am Gehorsamlehrgang teilgenommen hatte. Wir beide waren belustigt über den Zufall, der uns nun auf der jagdlichen Ebene noch einmal zusammenbrachte. Einen Tag später rief ein Bekannter von Richard an, der auch Interesse an unserer Jagd hatte. Wir vereinbarten gemeinsam einen Termin zur Revierbesichtigung mit Hartwig. Für den gleichen Tag verabredeten wir uns außerdem noch mit zwei weiteren Interessenten.

Hartwig kam mit seiner Tochter und so fuhren wir zweimal durch das gesamte Revier. Hartwig erklärte alles ganz genau und erzählte von seinen schönen Jagderlebnissen. Auch für mich war die erste Fahrt sehr interessant, weil ich mehrere Jahre nicht mehr im Revierteil von Hartwig gewesen war. Dabei stellte ich überrascht fest, dass Hartwigs Teil doch erheblich interessanter war als meiner, und fühlte mich zum ersten Mal durch die Reviertrennung übervorteilt. Ärgern musste ich mich nun darüber ja nicht mehr, es hatte ja bald ein Ende, dachte ich.

Beide Interessentenpaare fanden unser Revier sehr schön und baten um ein paar Tage Bedenkzeit, wobei die eine Partie noch ein Revier hatte und dort über den weiteren Verlauf noch eine Entscheidung ausstand. Beide Paare fragten aber nach den Preisvorstellungen über die Abstandszahlung für die Jagdeinrichtungen und das Zubehör. Als Hartwig seinen Preis nannte, fiel ich fast in Ohnmacht, so überhöht war er. Er hatte nur an sich gedacht, über meine Vorstellung wurde gar nicht gesprochen. Ein Gespräch darüber hatte sich nun auch erledigt, denn noch mehr, als Hartwig schon forderte, konnte und wollte sicher keiner zahlen.

Laut äußerte ich den Verdacht, dass Hartwig jeden Interessenten mit dieser überhöhten Forderung abschrecken wollte. Er lachte nur und seine Tochter flüsterte mir in Ohr, dass man über diesen Preis sicher noch sprechen könne. Genervt verabschiedete ich mich ganz schnell.

Richard und sein Bekannter kamen noch bei mir zu Hause vorbei und wir sprachen noch lange über die Forderung von Hartwig. Darüber hinaus fragten beide, aus welchem Grund mein Mann und ich eigentlich aussteigen wollten. Wir erklärten die Situation und beide hatten dafür Verständnis. Baten uns aber zu überlegen, ob mein Mann und ich nicht weiterhin dabeibleiben wollten. Beide könnten sich mit uns eine gemeinsame Jagd vorstellen.

Als mein Mann und ich an diesem Abend zu einer Geburtstagsfeier kamen, fragte man uns sofort nach unserem „konspirativen" Treffen im Revier. Ganz direkt wurden wir gefragt, ob wir bereits unseren Nachfolgern das Revier gezeigt hätten. Ich war über die direkte Frage so überrascht, dass ich spontan mit Ja antwortete. Damit hatte ich erreicht, dass sich diese Nachricht wie ein Lauffeuer verbreitete. Von allen Seiten wurden wir nun darauf angesprochen. Einige bedauerten es, dass auch ich aus dem Vertrag aussteigen wollte, und schlugen ihrerseits vor, doch einfach einen Nachfolger für Hartwig zu suchen.

Mein Mann und ich waren zu diesem Zeitpunkt mit der Entwicklung sehr zufrieden und ich war nicht traurig bald keine Jagdpächterin mehr zu sein. Ich hatte ohnehin das Gefühl, nie eine gewesen zu sein.

Schon am nächsten Tag informierte ich Hartwig darüber, dass es nun schon bekannt geworden war, und er war ziemlich sauer. Doch solange wir der Jagdgenossenschaft nicht schriftlich unser Anliegen mitgeteilt hatten, war formal nichts passiert.

Nun begann der Jagdvorsteher mit einer für mich nicht nachvollziehbaren Aktivität einem Bekannten von ihm das Revier zu vermitteln. Nahezu jeden Tag kam er, um mich zu überreden auf jeden Fall aus dem Vertrag zurückzutreten. Allerdings immer mit der Betonung, ich sei eine gute Jagdpächterin und alle wollten, dass ich bleibe. Aber ich könnte doch im Nachbarrevier jagen und mein Mann selbstverständlich auch.

Zwischenzeitlich hatten Richard und ich uns verständigt, dass ich im Vertrag bleibe und wir bei der Jagdgenossenschaft lediglich einen Vertragspartnerwechsel beantragen würden.

Diese ewigen Diskussionen mit dem Jagdvorsteher erreichten bei mir, dass ich mich wieder einmal fragte, ob man mit einem Jagdpächter genauso umgegangen wäre, und ich war es leid, mich immer wieder massiv durchsetzen zu müssen. Als ich schon geneigt war aufzugeben, weckte Richard in mir den Kampfgeist, weil er das Revier inzwischen unbedingt haben wollte. Ob ich nun wirklich weiter Pächterin sein wollte, wusste ich noch nicht genau, aber ich machte zunächst weiter.

Nun musste Richard mit seinem Bekannten Hartwig von der unrealistischen Forderung für die jagdlichen Einrichtungen abbringen. Richard nannte mir den Betrag, den er zahlen würde, und ich wiederum sprach mit Hartwig. Er ließ sich auf keine Diskussion ein und blieb bei seinem genannten Preis. Nach einer Woche Funkstille rief Hartwig an und nannte mir einen Betrag, der immer noch zu hoch war, aber akzeptabel. Richard und sein Bekannter wollten nun unbedingt das Revier haben und waren auch bereit einen ideellen Preis zu zahlen.

Die anderen zwei Interessenten waren zwischenzeitlich abgesprungen.

Richard und ich fuhren zu Hartwig, um mit ihm über den Abstand zu verhandeln. Nach längerem Hin und Her waren sich die beiden einig. Ich erklärte, dass Richard und ich uns über meinen Teil bereits einig seien, und Hartwig schlug endlich ein.

Mein Mann und ich entschlossen uns nun doch endgültig dabeizubleiben und teilten dieses Richard nach seiner Einigung mit Hartwig mit. In welcher Form das genau ablaufen sollte, wollten wir dann noch besprechen.

Nun musste der nächste Schritt vollzogen werden: Die Jagdgenossenschaft musste mit dem Ziel informiert werden, dass Richard mit seinem Bekannten in den laufenden Pachtvertrag einsteigen konnte. Ich vereinbarte mit dem

Jagdvorsteher einen Termin zur Übergabe unserer schriftlichen Erklärung über den Ausstieg aus dem Vertrag und der Übernahme durch Richard und seinen Bekannten.

Wenige Tage später rief Richard an, um mir mitzuteilen, dass sein Bekannter abgesprungen ist. Ich war entsetzt, er fand das nicht tragisch, weil er bereits einen neuen Plan hatte.

Ich sollte als Pächterin im Vertrag bleiben und Richard als Ersatz für Hartwig eintragen lassen. Das hätte zur Folge, dass die Jagdgenossenschaft die Verpachtung auf keinen Fall neu ausschreiben konnte. Sie hatte lediglich die Möglichkeit, Hartwig nicht aus dem Vertrag zu lassen. Da aber auch die Mitglieder der Jagdgenossenschaft bereits Bedenken über den Gesundheitszustand von Hartwig geäußert hatten, erschien uns das unwahrscheinlich.

Wir beschlossen Hartwig davon nichts zu sagen, weil wir Angst hatten, er könnte dann auch im Vertrag bleiben wollen, und ich hätte dann nichts gewonnen. Also formulierte ich den Brief an die Jagdgenossenschaft so, dass Hartwig ausstieg und Richard einstieg und Hartwig und ich um die Zustimmung der Jagdgenossenschaft bitten.

Erst als Hartwig und ich beim Jagdvorsteher waren, legte ich Hartwig den Brief zur Unterschrift vor und erklärte, dass der Bekannte von Richard ausgestiegen sei und ich nun im Vertrag bleibe. Hartwig zuckte, schaute etwas ungläubig und unterschrieb dann aber doch und mir fiel ein Stein vom Herzen.

Der Jagdvorsteher nahm das Schreiben an und nach einem kurzen belanglosen Gespräch verabschiedeten Hartwig und ich uns. Als wir draußen waren, meinte Hartwig nur, dass ich das ja fein eingefädelt hätte, und fuhr nahezu ohne Gruß davon. Es tat mir auch leid, dass ich ihn so überrumpelt hatte, doch es war für mich der einzige Weg, Hartwig aus dem Vertrag zu bekommen. Zwischenzeitlich hatte ich erfahren, dass einige Menschen aus dem Dorf bereits eine Anzeige gegen Hartwig geplant hatten, und er hätte dann möglicherweise seinen Jagdschein abgeben müssen.

Ich war nur wenige Minuten zu Hause angekommen, da erhielt ich Besuch vom Jagdvorsteher und dem Kassenwart und Schriftführer der Jagdgenossenschaft. Sie wollten nun über den Brief hinausgehende Informationen über Richard und auch darüber, wie wir unsere gemeinsame Jagd geplant hatten. Ein wichtiger Punkt war, dass Richard und ich das Revier nicht wieder untereinander aufteilen wollten. Das fanden auch beide gut und sie konnten auch meine Vorgehensweise nachvollziehen. Doch der Jagdvorsteher fing immer wieder damit an, dass er einen Interessenten für das Revier hätte, und der sollte es unbedingt haben. Er hörte auch nicht auf, als ihm der Kassenwart und Schriftführer erklärte, dass diese Möglichkeit gar nicht mehr in Betracht kam. Beide kritisierten dann aber, dass wir der Jagdgenossenschaft keine Wahlmöglichkeit an Interessenten gelassen hatten. Aus meiner Sicht war das auch nicht notwendig, denn ich musste mit dem neuen Partner auskommen und die Jagdgenossenschaft könnte unseren Antrag eigentlich nur ablehnen, wenn sie berechtigte Zweifel an der Zuverlässigkeit des von mir ausgesuchten Kandidaten hätte.

Dieses Verhalten zeigte mir wieder einmal, wie ernst man mich als kompetente Jagdpächterin nahm. Energisch erklärte ich, dass ich im Vertrag bleibe und Hartwig und ich beantragen, dass Richard in den Vertrag als Ersatz für Hartwig aufgenommen wird. Dieses hatten Hartwig und ich auch schriftlich genau so formuliert. Weiter erklärte ich, dass es keinen Sinn macht, einem anderen Interessenten Hoffnung auf dieses Revier zu machen. Der Jagdvorsteher ging dann sogar so weit, mir anzudrohen, dass die Jagdgenossenschaft einem Wechsel im Pachtvertrag nicht zustimmen würde. Über diese Reaktion war ich sehr enttäuscht, denn wir waren auch miteinander befreundet. Umso weniger konnte ich seine Reaktion verstehen.

Ein paar Tage später rief mich dieser Interessent an, um mir zu erklären, dass er nicht wusste, dass ich im Vertrag bleiben wollte, und er vom Jagdvorsteher angesprochen wurde, ob er nicht einen Teil des Reviers pachten möchte. Langatmig und wortreich erklärte ich ihm, dass er sich keine Hoffnungen machen soll. Darüber hinaus musste ich zu meinem Erstaunen feststellen, dass es ein Interessent war, der bereits auch bei mir angerufen hatte, und ich ihm gesagt hatte, dass ich bereits einen neuen Partner gefunden hatte. Ziemlich sauer erklärte ich ihm auch, dass ich seine Vorgehensweise sehr hinterlistig fand. Woraufhin er erklärte, dass das aber nicht seine Absicht gewesen sei. Er war davon ausgegangen, dass Hartwigs Teil immer noch zur Disposition stünde, weil der Jagdvorsteher ihn direkt angesprochen hatte.

Wie es auch immer war, mir war es letztendlich auch egal. Er sollte jedenfalls Ruhe geben. Das tat er nach unserem Gespräch auch. Gespannt erwarteten nun Richard und ich die Jagdgenossenschaftsversammlung.

Da ich an dieser Versammlung nicht teilnehmen konnte, musste Richard allein dorthin gehen. Die erfreuliche Nachricht erreichte mich als SMS auf meinem Handy: Die Jagdgenossen haben unserem Antrag einstimmig zugestimmt und nun waren Richard und ich gemeinsame Jagdpächter.

Richard brachte Hartwig den vereinbarten Betrag und stellte Hartwig in Aussicht, sofern er wollte, gern ab und an zur Jagd kommen zu können. Hartwig verzichtete aber dankend. Hartwig zeigte Richard das Revier noch einmal und übergab ihm einige Schlüssel und sonstige Papiere.

Während dieser ganzen Zeit jagte Max fleißig Rehwild und meldete sich kaum noch bei uns.

Wir sahen seinen Wagen im Revier stehen und wussten, dass er zur Jagd war, und gingen in einem anderen Revierteil jagen.

Da Richard nun das Revier mit mir gemeinsam hatte, verständigten wir uns darauf, neue Mitjäger zu suchen. Mit Max wollte ich nicht weiterjagen und Richard legte nach meinen Erzählungen auch keinen Wert mehr darauf, Max kennenzulernen. Also musste ich Max sagen, dass die Jagd nun für ihn bei uns ein Ende hatte.

Nachdem ich ihn angerufen hatte, kam er zu mir und ich sagte ihm, dass ich einen neuen Mitpächter habe und dieser sich neue Leute suchen möchte. Max war ziemlich sauer und wollte natürlich sofort sein Geld zurück. Er war so ahnungslos und fühlte sich anscheinend bei mir so wohl und fand sein Verhalten auch völlig in Ordnung, dass er mir fast schon leidtat.

Wir einigten uns auf einen Teilbetrag, den ich ihm zurückzahlte, und wenige Tage später holte er das Geld und auch einige seiner jagdlichen Einrichtungen ab. Auf einen Zettel hatte er seinen getätigten Abschuss geschrieben und ich wunderte mich, was er bereits alles geschossen hatte. Der Rehwildabschuss war jedenfalls erfüllt. Ich war sicher, dass es in Zukunft keine Regelung mehr gab, dass jeder Jäger sein geschossenes Wildbret mitnehmen durfte.

Mit neuem Mut und Partner ging es an die Planung für das kommende Jagdjahr. Die Jagd machte mir wieder Spaß und ich ging wieder regelmäßig zum Ansitz.

Gemeinsam suchten wir unsere Mitjäger aus und legten ohne große Differenzen die Regeln fest, nach denen wir den Jagdbetrieb organisieren wollten. Auch unsere Mitjäger stimmten diesen Regeln zu. Wir trafen uns regelmäßig zum Ansitz und zur Revierarbeit. Ich sorgte für ein angemessenes Catering und hatte aber auch handwerkliche Aufgaben zu erledigen. Zum ersten Mal fühlte ich mich als anerkannte Jagdpächterin und Jagdpartnerin wohl.

Da ich noch nie im Dunkeln zum Ansitz auf Schweine gegangen war, ging ich mit Richard gemeinsam auf einen Hochsitz, damit ich zunächst lernte in der Dunkelheit oder Dämmerung zu sehen und dann auch noch die Wildschweine richtig anzusprechen.

Oft trafen wir uns nach gemeinsamen morgendlichen Ansitzen alle bei uns zu Hause und frühstückten gemeinsam, um dann anschließend auch noch Kleinigkeiten im Revier zu arbeiten. Auch unsere Mitjäger machten sich prima und wir waren alle zufrieden, obwohl wir selten Beute machten.

Allerdings war Richard mit dem Bestand an Wildschweinen sehr unzufrieden. Er sah fast nie welche und war auch, wenn kein Vollmond war, auf dem Hochsitz. Eines Nachmittags, es dämmerte schon, beschoss er einen Keiler, traf aber nicht. Enttäuscht kam er vom Ansitz und war der Meinung, dass es auch nicht viel mehr Schweine gab als diesen Keiler, und war nun froh ihn nicht geschossen zu haben.

Dann kam der Abend der Wahrheit. Wieder saßen Richard und ich auf der Kanzel. Mein Mann und ein weiterer Jäger waren auch draußen. Es dauerte nicht lange, da kamen aus dem Wald eine Rotte Schweine im zügigen Galopp. Ich konnte natürlich nicht genau erkennen, wie viele es waren. Richard brüllte mich an, ich solle mich fertig machen zum Schuss. Fasziniert vom Anblick und dem Gedanken erfüllt, endlich Schweine zu sehen, vergaß ich glatt, dass ich ja eigentlich schießen sollte oder wollte. Als Richard merkte, dass ich nicht schnell reagierte und meine Waffe immer noch an der Wand lehnte, nahm er seine Waffe und ich sagte ihm, er sollte lieber schießen. Das hatte ich noch gar nicht ausgesprochen, da fiel auch schon der Schuss. Durch mein Glas konnte ich nicht sehen, ob überhaupt ein Schwein umgefallen war. Wir hörten aber ein lautes Klagen. Als der Schuss gefallen war, flüchteten die Schweine mit ziemlichem Tempo wieder in den Wald und auf dem Feld kehrte Ruhe ein. Ich hatte die ganze Zeit immer nur dunkle Flecken auf dem Feld gesehen, ohne aber irgendetwas Genaueres ausmachen zu können. Vage konnte ich Größenunterschiede ausmachen. Richard verstand nicht, dass ich nicht geschossen hatte. Nach seinen Schilderungen hatte es sich um fünf Wildschweine gehandelt, zwei bis drei

Frischlinge, einen Überläufer und eine Bache. Für mich war klar, dass ich für die Jagd in der Dämmerung ungeeignet war. Richard und ich warteten zunächst eine Zigarettenlänge ab. Das Klagen hatte ziemlich schnell aufgehört und auf dem Feld rührte sich nichts mehr. Wir riefen meinen Mann an, damit er Richard bei der Bergung des Schweins helfen konnte. Als mein Mann an unserem Hochsitz angekommen war, gingen beide ohne Waffe Richtung Schwein. Meinen Hinweis, doch sicherheitshalber eine Waffe mitzunehmen, ignorierten beide. Ich beobachtete vom Hochsitz aus, wie sie in Richtung Schwein gingen. Kurze Zeit später kam der Ruf nach einer Waffe. Ich signalisierte, dass ich keine bringen wollte, und mein Mann kam zurück, um seine Waffe zu holen. Kurze Zeit später hörte ich einen Schuss und nach weiteren Minuten wieder einen Schuss. Dann endlich sah ich, wie die beiden Männer zum Hochsitz zurückkamen. Das Schwein war so wehrhaft, dass es zwei Fangschüsse brauchte, bis es endlich verendete. Als wir es versorgt hatten, fuhren wir zu uns nach Hause und machten uns noch einen gemütlichen Abend, der damit endete, dass Richard nicht mehr nach Hause fuhr und bei uns übernachtete.

Damit wir alle auch genau wussten, welche Rehböcke wir erlegen wollten, veranstaltete Richard eine Lehrstunde zum Thema, wie erkenne ich einen alten Rehbock oder einen jungen Abschusswürdigen. Er hatte einige Gehörne und Gebisse mitgebracht und erläuterte anhand dieser das jeweilige Alter und wir klärten, ob wir im Falle eines Falles diesen oder jenen geschossen hätten. Danach war keinem mehr so richtig klar, welche Rehböcke Richard als abschusswürdig sehen würde und welche nicht. Es herrschte die allgemeine Verunsicherung. Keiner fragte aber noch einmal nach. Erst Tage später kam der eine oder andere auf mich zu und fragte, wie Richard das mit dem hellen Gesicht beim Bock wohl gemeint haben könnte.

So kam es dann auch, dass Kai einen Rehbock schoss, der zunächst ins Getreide flüchtete. Als Kai Richard anrief und um Unterstützung bei der Nachsuche bat, weil Richard seinen Teckel bei sich hatte, lehnte er ab. Daraufhin holte mein Mann den Deutsch-Drahthaar von zu Hause und der verendete Bock wurde auch schon nach wenigen Metern gefunden. Kai war noch nicht fertig mit der Versorgung des Rehbocks, da kam Richard angefahren. Er sah sich den Bock an und hielt Kai einen Vortrag über den richtigen Bockabschuss und erklärte ihm, dass das, was er geschossen hatte, nicht richtig war. Er setzte sich in sein Auto und fuhr davon. Kai, der noch ganz außer sich war vor Aufregung wegen der Nachsuche und wegen der Standpauke, die Richard ihm gehalten hatte, fuhr zu uns nach Hause und kam dort ziemlich fertig an. Telefonisch hatte man mich schon über den vermeintlichen Fehlabschuss informiert. Ich fand das ganze Theater ziemlich überflüssig, der Rehbock war aus meiner Sicht in Ordnung und Kai hatte, was für mich weitaus wichtiger war, einen guten Schuss angebracht, so dass der Rehbock nicht leiden musste. Da ich am nächsten Tag früh aufstehen musste, verabschiedete ich mich von den Männern und ging schlafen. Am nächsten Tag hörte ich, dass Richard noch einmal nahezu über Kai hergefallen war, bis mein Mann sich veranlasst sah einzugreifen und Kai in Schutz nahm. Am nächsten Tag kam Kai zu uns und ich versuchte das, was Richard angerichtet hatte, es waren Selbstzweifel bis hin zur Überlegung, nicht mehr zur Jagd gehen zu wollen, wieder aus der Welt zu schaffen. Kai war ein sehr guter Jungjäger und hatte folglich wenig Jagderfahrung. Er war keineswegs ein leichtsinniger Jäger. Bis heute hat Kai, obwohl er immer noch sehr oft rausgeht, kein Stück Wild mehr geschossen.

Immer öfter regte sich Richard darüber auf, dass unsere Mitjäger Böcke schießen würden, die zu jung seien, ohne dass er die Gebisse genau kontrolliert hatte. Ich persönlich tat mich nun auch schwer einen Bock zu schießen. Des Öfteren hatte ich immer den gleichen gesehen und auch Gelegenheit zu schießen, aber ich überlegte immer so lange, bis er wieder abgesprungen war.

Eines Abends ging mein Mann auf den Hochsitz, von dem aus ich den Bock immer gesehen hatte. Ich blieb zu Hause und hörte ziemlich bald einen Schuss. Ich dachte, das ist bestimmt der Bock, den ich schon so oft gesehen hatte. Mein Mann kam nach Hause und hatte den Bock auf dem Wildträger. Ein Blick von mir genügte und ich hatte „meinen Bock" erkannt. Etwas sauer half ich meinen Mann beim Versorgen und er beteuerte immer wieder, dass er nicht erkannt hatte, dass es der ist, den ich beschrieben hatte. An diesem Abend machte ich mir zum ersten Mal ernsthafte Sorgen um meinen Mann, weil er ziemlich kurzatmig war, als er den Bock versorgt hatte.

Danach hatte ich wenig Zeit, zur Jagd zu gehen und mich um das Revier zu kümmern. Richard hatte tausend Anliegen, die im Revier gemacht werden sollten, und alle mussten immer genau dann Zeit haben, wenn er auch Zeit hatte. Schon etwas genervt machte ich ihm klar, dass ich im Moment einfach keine Zeit hatte und mein Mann auch nicht, weil wir eine Spezialzuchtschau unseres Hundevereins vorzubereiten hatten. Kurz nach dieser Schau kam mein Mann ins Krankenhaus und ich hatte alle Mühe, mit Haus, Hof, Hunden und Job und Krankenhausbesuchen klarzukommen. Dazu kam noch die Sorge um meinen Mann, der, wie sich herausstellte, sehr schwer krank war. Ich meldete mich bis auf Weiteres bei Richard für alle jagdlichen und Reviertätigkeiten ab. Auch unsere Mitjäger erfuhren, dass mein Mann und ich nun erst mal nicht aktiv sein konnten. Richard war mit dieser Maßnahme sehr unzufrieden und rief ständig bei mir wegen jeder Kleinigkeit an und fragte auch ständig, warum ich mich nicht beteiligen wollte. Meine zeitlichen Probleme sah er nicht. Er war der Meinung, dass ich durchaus auch noch am Abend nach 21 Uhr im Revier mit ihm Bäume ausschneiden und anschließend auf Wildschweine ansitzen könnte. Die Folge war, dass ich mich ganz und gar zurückzog, um meine Ruhe zu haben. Nun erhielt ich ab und an eine Nachricht über erlegtes Wild, damit ich das Abschussbuch weiterführen konnte. Von einem unserer Mitjäger erfuhr ich dann, dass Richard sich nur noch ausschließlich auf einen Teil des Reviers konzentrierte und auch nur noch dort jagte. Als mein Mann nach acht Wochen wieder zu Hause war, informierte ich alle, dass es nun wieder wie gewohnt bei uns weitergehen könnte. Die Anmeldungen zur Jagd mussten nun auch wieder zentral bei uns einlaufen.

Ich stellte fest, dass Richard dieses nun gar nicht mehr gefiel. Kurzerhand erklärte er mir, dass er keine Lust mehr hätte, sich bei mir anzumelden, und er das Revier aufteilen möchte. Unsere Mitjäger sollten aber nach wie vor im ganzen Revier jagen dürfen. Eine Revierteilung hatte ich nun einige Jahre praktiziert und hatte auch Richard gegenüber oft betont, wie froh ich war, dass das Revier endlich nicht mehr geteilt ist. Mir war nicht ganz klar, ob ich lachen oder weinen sollte, denn diese Ironie und Rücksichtslosigkeit beeindruckten mich doch sehr. Auch Richard hatte in der Vergangenheit immer betont, dass es für mich nur von großem Nachteil gewesen war, so, wie das Revier geteilt war. Nun wollte er die gleiche Situation wieder herbeiführen? Dass Richard dieses von mir verlangte, insbesondere weil wir uns am Anfang wirklich sehr gut verstanden, war für mich ziemlich enttäuschend.

Deshalb erklärte ich ihm auch, dass ich das Revier niemals mehr teilen würde, und schlug ihm unter diesen Umständen vor, dass er doch besser sofort aus dem Vertrag aussteigen sollte. Nun begann eine ziemlich heftige Schlammschlacht. Er warf mir Untätigkeit und mangelnde Jagdpassion vor und verlangte für seinen Ausstieg eine Abstandszahlung, die nicht gerechtfertigt war. Wir verhandelten hart und einigten uns nach gut drei Wochen auf einen für mich akzeptablen Betrag. Mein Ziel war es, diese Partnerschaft so schnell wie möglich zu beenden und, wenn es denn sein musste, auch dafür zu zahlen. Mit der Jagdgenossenschaft wurden wir sehr schnell einig. Es gab aus diesen Reihen keine Bedenken, dass ich allein im Vertrag blieb. Mein Bedarf an Mitpächtern und Partnerschaften war reichlich gedeckt.

Einerseits war meine Freude groß, endlich alles allein entscheiden zu können, andererseits überfiel mich aber auch das bekannte mulmige Gefühl in der Magengegend angesichts der großen Verantwortung und finanziellen Verpflichtung gegenüber der Jagdgenossenschaft.

Unsere Mitjäger hatten mit dem Ausstieg von Richard keine Probleme. Wir verabredeten uns zu gemeinsamen Ansitzen mit anschließendem Frühstück und freuten uns riesig, wenn wir Beute gemacht hatten.

Auch mir machte die Jagd wieder viel Spaß. Ich ging sogar im Dunkeln bei Vollmond allein zum

Hochsitz. Sofern ich ihn denn auch fand. An diesem Abend hatte es sogar geschneit und ich konnte für meine Verhältnisse einigermaßen gut sehen. Ein Jäger hätte natürlich überhaupt keine Probleme gehabt und das Licht als taghell empfunden. Ein netter Mitjäger empfahl mir, doch eine Taschenlampe mitzunehmen, selbstverständlich lehnte ich ab, weil es ja sehr hell war. Auf dem Waldweg und auf den Bäumen lagen etwa 5 cm Neuschnee und ich stapfte ganz locker Richtung Kanzel. Irgendwann musste ich rechts in eine Schneise einbiegen, die dann direkt an mein Ziel führte. Durch den Schnee sah der Wald völlig anders aus. Unsicher schaute ich nach rechts und überlegte, wie viele Kurven der Weg eigentlich immer nahm, bevor die richtige Schneise kam. Auch die linke Seite des Weges kam mir auf einmal völlig fremd vor. Hier, diese Schneise müsste es sein, dachte ich. Mutig ging ich hinein, die Hand fest an der Waffe, die natürlich noch gar nicht geladen war. Tauben flatterten auf, mein Herz fing an zu rasen. Ich dachte, das Klopfen müsste den stärksten Keiler aufscheuchen. Ich konnte kaum richtig atmen. Da, schon wieder ein Knacken in den Buchen. Am Abzweig musste ich mich rechts halten und dann war da gleich der Hochsitz. Nun war ich schon so 50 Meter gegangen und kein Abzweig kam. Unsicher schaute ich zurück. Verdammt, ich musste falsch sein. Also, wieder zurück. Auf dem Weg angekommen ging ich noch ein Stück weiter, eine Schneise kam nicht. Hatte ich eine übersehen? Also, wieder zurück. Nein, ich hatte keine übersehen. Also weiter. Irgendwann musste ja eine kommen. Da, endlich, hier musste es nun aber sein. Ich hörte, wie etwas weglief, und marschierte aber mutig weiter, bis ich mit meinen Stiefeln, die knapp über dem Knöchel endeten, im nassen Schnee versank. Unter dem Schnee war ein ziemliches Wasserloch. Eiskalt lief es in meinen Stiefel. Hier kann es auch nicht sein. Ich ging wieder zurück zum Weg und hatte nun endgültig den Mut verloren. Aber was sollte ich jetzt machen? Anrufen und sagen, dass ich den Hochsitz nicht gefunden habe und nach Hause fahre? Das ging auf gar keinen Fall. Eine Jagdpächterin, die den Hochsitz nicht findet, so eine Schande! Also telefonierte ich und sagte, hier ist nichts los, ich gehe auf den Hochsitz am Wald. Diesen kannte ich ganz sicher, ich musste nur immer an der Waldkante entlang. Er gar nicht zu verfehlen. Ich stapfte los und war nach kurzer Zeit gut angekommen. Gesehen habe ich an diesem Abend nichts mehr.

Am nächsten Tag fuhr ich mit meinem Mann auf dem Waldweg entlang und er wunderte sich über die Fußspuren, die auf dem Weg waren und die in zwei Schneisen führten. Er fragte sich laut, wer ist denn hier immer auf und ab gelaufen, komisch. Ich tat ganz uninteressiert und antwortete, dass ich keine Ahnung habe, wer das gewesen sein könnte.

Am Anfang konnte mein Mann noch nicht mitgehen zur Jagd und er machte dann schon für uns das Frühstück. Als wir noch gemeinsam zur Jagd gingen, halfen wir uns immer bei der

Versorgung des geschossenen Wildes. An diesem Sonntag war ich mit zwei Mitjägern hinausgegangen und schoss, kurz bevor wir uns zur Abfahrt treffen wollten, eine Ricke. Ich wartete eine kurze Zeit und machte mich dann auf den Weg dorthin, um sie zu versorgen. Dort angekommen, stellte ich fest, dass ich mein Messer im Auto vergessen hatte. Einer meiner Mitjäger war ganz in der Nähe und kam bei mir gerade vorbei, als ich das Messer suchte. Freundlich gab er mir seines und schaute zu, wie ich das Reh versorgte. Einen kurzen Augenblick dachte ich, dass er es ja auch für mich hätte erledigen können. Aber da ich sonst auch immer alles gern allein machte und keinen Wert auf das Privileg, „Frau zu sein", legte, kam er wohl nicht auf die Idee, mir zu helfen. Aber der Jagdpächterin hätte er ja helfen können, oder? Immerhin halfen dann beide Mitjäger – inzwischen war auch der zweite Jäger bei uns vorbeigekommen – das Reh zum Wagen zu tragen.

Einer der Mitjäger wollte gern auch Enten jagen und scheute keine Arbeit und Mühen, das Verhalten an einem unserer schönsten Teiche zu beobachten. Er wusste bald sehr genau, wie viele dort wann landeten und wie lange sie blieben. Durchwatete den Teich, um die Wassertiefe zu prüfen und um festzustellen, wie es auf der kleinen Insel mitten im Teich aussah. Dabei stellte er auch fest, dass sich dort auch Wildschweine aufgehalten hatten.

Als es an der Zeit war, die Enten zu bejagen, verabredeten wir uns und stellten uns an geeigneten Plätzen, die der Mitjäger vorher genau ausgesucht hatte, am Teich auf und warteten auf den Einflug. Es dämmerte bereits, als die ersten Enten angeflogen kamen. Wir schossen erst, als sie kurz vor der Landung waren. Es war ein kurzes, aber schnelles Jagdvergnügen und am Schluss hatten wir immerhin fünf Enten geschossen. Für mich war es die erste Entenjagd und ich hatte viel Freude dabei.

Auch einige Reparaturen konnten wir in diesem Jagdjahr noch vornehmen. Gemeinsam legten wir Pirschwege an und kümmerten uns um den eingezäunten Mais.

Als der Mais geerntet wurde, stellten wir fest, dass die Wildschweine dort nicht hineingegangen waren und auch keinen Schaden angerichtet hatten. Dennoch stellten wir die Maisfelder ab, damit wir sehen konnten, welche Tiere im Mais Deckung gesucht hatten. Wir waren froh, dass sich die Arbeit des Einzäunens gelohnt hatte, und ich war froh, dass ich mich in dieser Beziehung gegen Richard durchgesetzt hatte. Er hielt das Einzäunen für sinnlos.

Die Wildschweine machten mir aber immer mehr Sorgen. Unter den Eichen hatten sie schon sehr tiefe Löcher gebrochen und die Fährten zeugten von allen Größen. Es stellte sich nun die Frage, ob wir nicht doch noch in diesem Jahr eine Drückjagd durchführen sollten, um den Bestand zu dezimieren. Meine lieben Mitjäger waren natürlich dafür. Ich hatte Bedenken wegen der großen Verantwortung. Doch alle sagten ihre Unterstützung zu und so ließ auch ich mich überzeugen. Mit der Planung beauftragte ich meinen Mann und einen unserer Mitjäger. Beide waren eifrig dabei zu überlegen, was alles geregelt werden muss, und holten sich noch Expertenrat bei dem Vater des Mitjägers. Auch er war sofort bereit tatkräftig zu unterstützen.

Am Schluss blieben auch für mich noch einige Aufgaben übrig und am Abend vor der Jagd stand die Organisation. Wir konnten sogar einen Landwirt gewinnen, der die Jäger und Treiber in den Wald fuhr und wir mussten dadurch nicht alle Teilnehmer auf PKW verteilen. Nun benötigten wir nur noch gutes Wetter und viel Jagdglück.

Am Tag der Jagd war ich ziemlich nervös und versuchte das aber zu verbergen, damit niemand Zweifel an der Kompetenz und Souveränität der Jagdpächterin haben konnte. Zum ersten Mal stand ich allein als verantwortliche Jagdleiterin und Jagdpächterin vor über zwanzig eingeladenen Jägern und zahlreichen Treibern und Hundeführern. Selbstverständlich hatte ich auch dafür gesorgt, dass Jagdhornbläser anwesend waren und der Jagd einen angemessenen musikalischen Rahmen gaben.

Es war ein schöner und harmonischer Jagdtag und am Schluss lagen zwei Wildschweine auf der Strecke. Ich war froh diese Jagd veranstaltet zu haben und war sicher, dass es in meinem Revier wieder eine Jagd geben würde.

Nach dieser gelungenen Drückjagd fühlte ich zum ersten Mal, dass ich als Jagdpächterin ernst genommen wurde. Insbesondere auch, weil ein Eigenjagdbesitzer, der unser Reviernachbar ist und ein erfahrener Jäger dazu, mich fragte, ob wir nicht einmal gemeinsam eine Drückjagd durchführen wollen. Natürlich sagte ich sofort zu und wir vereinbarten in Kontakt zu bleiben und im nächsten Jagdjahr eine gemeinsame Jagd durchzuführen.

Bald nach unserer Drückjagd war auch die Jagd auf das Rehwild vorbei und wir kümmerten uns nur noch um das Schwarzwild. Regelmäßig konnten wir die Wildschweine fährten und diverse kleine Schäden auf den Äckern begutachten. Unermüdlich waren wir damit beschäftigt, die Löcher wieder zu schließen und auf Wildschweine anzusitzen. Ab und an wurde auch eines geschossen.

So langsam musste ich mich nun auch um einen vollen Ersatz für Richard kümmern. Immerhin hatte ich die Kosten für die Jagdpacht und alles, was so an Betriebskosten hinzukam, aufzubringen. Unsere Mitjäger hatten, bis auf einen, alle schon erklärt, dass sie auch im neuen Jagdjahr bei mir bleiben wollten. Nun bat ich diesen einen unentschlossenen Jäger mir in den nächsten zwei Wochen definitiv Bescheid zu geben. Wirklich am letzten Tag rief er an und erklärte, er könne sich die Jagd finanziell nicht mehr leisten, weil er sich nun doch ein Haus gekauft hätte. Nun stand ich wieder einmal da und ärgerte mich, dass ich nicht energischer und frühzeitiger nachgefragt hatte. Wieder einmal hatte ich mich auf die Fairness meiner Mitmenschen verlassen und war reingefallen. Normalerweise sagt man mindestens ein halbes Jahr vorher Bescheid, wenn man in einem Revier nicht mehr weiterjagen möchte. Nun brauchte ich mindestens zwei neue Mitjäger, um den Abschuss und die finanziellen Anforderungen zu schaffen. Wieder einmal ging mir die Jagd auf die Nerven.

Also schrieb ich wieder eine Anzeige und hoffte, dass sich zwei nette neue Mitjäger oder auch Jägerinnen finden würden. Einige Jäger, die ich bereits kannte, sprach ich an, doch alle hatten einen sehr weiten Weg bis in das Revier und so konnte ich die Absage auch nachvollziehen.

Einige Interessenten beendeten das Gespräch sehr schnell, als sie erfuhren, dass ich, eine Frau, die Jagdpächterin bin. Einige kamen tatsächlich, um das Revier und meinen Mann und mich kennenzulernen. In Absprache mit meinem Mann entschied ich mich für zwei junge Jäger. Jägerinnen hatten sich leider gar nicht gemeldet. Es war ein schönes Gefühl, endlich einmal allein entscheiden zu können.

Nun machte ich mir Gedanken über das Jagdessen für die Landwirte der Jagdgenossenschaft. Dieses musste ich nun auch ganz allein ausrichten und gestalten. Dazu gehörten natürlich auch die Begrüßungsrede und die Unterhaltung mit den Landwirten nach dem Essen. Einer von ihnen hatte bereits angekündigt, dass er mit mir über den Wildschaden auf seinem Acker sprechen möchte. Diese Themen waren für mich neu und ich wollte natürlich möglichst keinen Wildschaden zahlen. Doch meine landwirtschaftlichen Kenntnisse waren nicht so umfassend, dass ich hätte argumentieren können.

Ich überlegte mir das Jagdessen traditionell jagdlich mit Jagdhornbläsern zu gestalten und auch die Strecke des Jagdjahres wie bei einer Jagd verblasen zu lassen. Der Jungjäger und seine Mutter, Freunde von meinem Mann und mir, erklärten sich gern bereit diesen Part zu übernehmen. Dann schrieb ich folgende Geschichte, die ich nach dem Hauptgang und vor der Nachspeise mit der Ankündigung, dass ich noch gern eine lustige Geschichte vorlesen möchte, vorlas:

Klaus-Heinrich lag sinnierend im Bett und konnte nicht einschlafen, denn er hatte sich heute sehr über die Jagdpächterin geärgert. Von seinem Hof aus hatte er gesehen, wie sie mit ihrem Geländewagen einfach über seinen Rapsacker fuhr, um ein Reh zu bergen, das sie zuvor geschossen hatte. Immer schön in der Treckerspur fuhr sie, so eine Frechheit! Sie bildete sich wohl ein, keinen Schaden anzurichten. Aber ihm war klar, dass einige Pflanzen bestimmt breitgefahren waren. Die Löcher von den Wildschweinen hatte sie auch noch nicht wieder zugemacht. Überhaupt, dachte er, neulich regte sie sich auch über die Pferde auf, die auf dem für Reiter gesperrten Waldweg ritten, und was sie für ein Theater gemacht hat, als der Wohnwagen von den Anglern am Teich aufgestellt wurde.

Aber neulich, da kam ich mit meiner Luise und unserem Struppi den Waldweg hoch und ich sah, dass die Luken vom Hochsitz offen standen und ihr Geländewagen an der Waldkante parkte. Meine Luise und ich überlegten, ob wir lieber nicht störten und mit unseren Rädern besser wieder umkehrten. Ach was, sagte ich, grüßte freundlich zum Hochsitz und wir radelten vergnügt durch den Wald. Unser Struppi hatte auch seinen Spaß, denn er hatte eine Rehspur aufgenommen und lautstark kläffend verfolgte er diese, bis ich ihn zurückrief. Nach einigen Minuten kam er dann ja auch.

Wie wäre es eigentlich wenn man keine Jagdpächterin hätte? Ich müsste dann nach meiner Arbeit auf dem Hof und Feld selber zur Jagd gehen. Das geht ja gar nicht, dachte er, ich hab weder die Jägerprüfung noch eine Waffe und ich dürfte nur auf meinem Land jagen. Ludwig, mein Nachbar, würde dann ja auch selber die Rehe und Wildschweine schießen müssen und wir stünden uns dann möglicherweise gegenüber. Wer würde sich dann wohl um die Wildunfälle auf der Hauptstraße kümmern? Doch nicht etwa ich? Natürlich nicht ich, dachte Klaus-Heinrich, ein Glück habe ich kein Land an der Hauptstraße.

Die Löcher von den Wildschweinen müsste ich dann ja auch allein wieder schließen. Von keinem könnte ich Schadensersatz verlangen.

Ach, es ist doch ganz schön, eine Jagdpächterin zu haben, dachte Klaus-Heinrich, drehte sich in sein Kissen und schlief entspannt ein.

Schon nach wenigen Sätzen sah ich ein Grinsen in einigen Gesichtern und meine Angst, die Geschichte könnte voll danebengehen, legte sich etwas. Als dann die ersten Lacher kamen, war ich ziemlich erleichtert und der Applaus am Ende der Geschichte freute mich sehr.

Das Gespräch über den Wildschaden schob ich weit hinaus, indem ich zunächst an andere Tische ging, um mich über allgemeine Themen zu unterhalten.

Aber es kam, wie es kommen musste, der Landwirt hatte sein Anliegen nicht vergessen. Er stellte aber zunächst, unter Zustimmung der weiteren am Tisch sitzenden Kollegen, fest, dass ich eine gute Jagdpächterin bin. Als er dann sein „Aber dennoch haben die Schweine auf meinem Acker einen Schaden angerichtet" vorbrachte, unterstützte mich ein Landwirt und sagte: „Für diese Kleinigkeit willst du doch nicht etwa Wildschadensausgleich haben." Mit einem „Na ja, ich dachte ..." war die Sache vom Tisch und wir unterhielten uns wahrlich über wichtigere Dinge. So klärten wir noch ab, wem eine Ackerfläche gehörte, auf die wir gern einen

Hochsitz bauen würden, und holten sogleich offiziell die Genehmigung ein. Etwas später als in den Vorjahren endete das Jagdessen und ich ging zufrieden nach Hause. Das Thema Wildschaden war ganz einfach vom Tisch und meine Geschichte war sehr gut angekommen. Immer wieder wurden Vermutungen geäußert, wer das wohl mit dem Hund gewesen sein könnte. Manche wollten natürlich von mir die Namen genannt haben. Ich freute mich über die Resonanz und es kam wirklich keine Person aus dem Kreis der Landwirte in meiner Geschichte vor. Folglich konnte ich gar keine Namen nennen.

Meine zwei neuen Mitjäger, die auch kein Problem hatten, mit einer Frau als Jagdpächterin zu jagen, waren schnell aktiv dabei. Ganz ohne Probleme fing einer von beiden schon gleich mit der Jagd auf Wildschweine an. Am Nachmittag reiste er aus Dänemark an und noch in der Nacht fuhr er wieder nach Hause. Leider ohne jagdlichen Erfolg. Aber wir alle waren sicher, dass er Wildschweine schießen würde. Sehr nett fand ich, dass er uns ein Bild von seiner Familie schickte. Er war überhaupt ein sehr lustiger Mensch, so dass wir schon viel Spaß miteinander hatten.

In der Vergangenheit ging ich nie allein zur Jagdpächterbesprechung nach einer Hegeringversammlung, weil ich ja immer einen Partner hatte, der dabei war. Wieder einmal als Frau allein unter Männern fanden sich die Pächter zusammen. Der Hegeringleiter verteilte einige

Formulare, die von uns Pächtern ausgefüllt werden sollten. Ich bekam keines und forderte eins nach und der Hegeringleiter entschuldigte sich. Er hatte angenommen, ich sei mit einem Pächter mitgekommen. Er berichtete u. a. davon, dass es im kommenden Jahr einen Wechsel im Vorstand geben würde, und man suchte nun unter den Jagdpächtern einen Nachfolger als stellvertretenden Hegeringleiter. Provozierend fragte ich, ob auch eine Jagdpächterin angenehm wäre. Sofort kam ein allgemeines „ja selbstverständlich" und man würde es sehr gut finden, wenn es einmal eine Frau als stellvertretende Hegeringleiterin gäbe, immerhin hätte es so etwas in diesem Hegering noch nie gegeben. Nun konnte ich auf die Frage, ob ich das denn gern machen würde, nicht mehr mit Nein antworten, ohne mein Gesicht zu verlieren.

Ab sofort wurde ich schon in die Arbeit des Hegeringleiters miteingebunden und die Akzeptanz war kein Problem. Für mich war sicher, dass ich als stellvertretende Hegeringleiterin insbesondere die Jägerinnen ansprechen werde, und hoffte, dass ich für sie eine gute Vertreterin sein würde. Ich war gespannt, wie sich mein Leben als Jagdpächterin und stellvertretende Hegeringleiterin weiter entwickeln wird.